GEORGES FOUREST

De quoi ris-tu, Sycophante ?
— Mais je ne ris pas.
— Alors, tu es terrible.

V. Hugo "L'Homme qui rit".

Cinquiesme Hypostase

9, GALERIE DE LA MADELEINE, 9
PARIS (VIIIe)

LA NÉGRESSE BLONDE

DU MÊME AUTEUR :

La Négresse Blonde (Messein 1909) épuisé.

— — (Crès 1911) épuisé.

— — La Connaissance, 1920. (avec portrait et frontispice de *Georges Villa*), épuisé.

— — La Connaissance 1920. épuisé.

A PARAITRE :

Contes pour les Satyres.

Le nain et le cochon sous le crâne du poète.

GEORGES FOUREST

Négresse

De quoi ris-tu, Sycophante ?
— Mais je ne ris pas.
— Alors, tu es terrible.

V. HUGO " L'Homme qui rit ".

CINQUIESME HYPOSTASE.

Avec soixante-quinze Tatouages de

LUCIEN MÉTIVET

On se lasse de tout.

excepté de connaître

9, GALERIE DE LA MADELEINE, 9
PARIS (VIIIe)

LA NÉGRESSE BLONDE de GEORGES FOUREST, paraît dans sa cinquiesme hypostase avec 75 tatouages de LUCIEN MÉTIVET, à « LA CONNAISSANCE » qui édite sous son enseigne, *9, Galerie de la Madeleine, PARIS (8e)*. Le texte et les dessins ont été tirés par L'HOIR, maître-imprimeur à Paris, les clichés ont été faits par DÉMOULIN.

Il y a eu : 30 exemplaires sur Hollande Van Gelder Zonen filigrané, avec une suite sur chine.

970 vergé de pur fil Lafuma.

Cet Exemplaire est justifié .

CE LIVRE CONTIENT :

CARNAVAL DE CHEFS-D'ŒUVRE

PRÉFACE

Guy de Maupassant affirmait que Algernon-Charles Swinburne lui semblait le mortel le plus extravagamment artiste du monde. A présent que le mortel chantre de l'immortelle *Laus Veneris* est mort, nous sommes deux esthètes chauves, trois pelés et quatre tondus — neuf en tout — fondés à regarder comme le plus extravagamment artiste de nos contemporains, le nommé Georges Fourest.

Artiste, le poète de la *Ballade en l'honneur des poètes falots* l'est, simultanément, à la manière antique et à la manière contemporaine : argonaute du verbe, jason non pas jaseur mais passionné de rythmes et évidemment « plein du souffle grec », et explorateur du dernier bateau (lequel est un bateau ailé), Wright de la subtilité et de la nuance...

Et extravagant, il l'est aussi tout à la fois d'une façon ancienne et d'une façon moderne. On l'a qualifié d'acrobate preste et cocasse du cirque lyrique, Foottit merveilleux du vers. Soit ! Mais, avant d'être Foottit, il a ricané sous le pseudonyme de Triboulet ; et, premier que d'être bouffon des Valois, il a gambadé, Ægipan. Déconcertante synthèse, Georges Fourest exhibe presque en même temps les cornes du bouc, la marotte chère au jongleur du Roi et le bizarre vêtement-sac où s'enveloppe l'amuseur de l'arène (1); il apparaît coup sur coup comme le Clown, le Fol de cour et le Satyre.

---

(1) Si le roi et l'arène se trouvent ici l'un près de l'autre, c'est tout à fait par hasard.

Alliance de l'homme et de la bête, et quasiment dieu, compagnon effronté et folâtre de Dionysos, ivre plus qu'à demi de chansons, de vin, de caresses, le Satyre gambade, fringue, cabriole, s'ébaudit. Est-il terrible, est-il ridicule? Il est (c'est le cas de le dire) biscornu. Est-il beau, est-il affreux? Il est troublant. Depuis la fourche de ses pieds jusqu'à la pointe de ses oreilles, il a de l'esprit : esprit tortueux et tumultueux, âpre et burlesque, raffiné et puéril, savant et brutal, douloureux et lascif, — et esprit surtout ricaneur, sardonien; naturellement : esprit satyrique.

De cet esprit-là, le livre où j'ai la gloire de préambuler, abonde, foisonne, retentit, sonore de crépitations baroques et joviales qui étonnent parmi la bonne harmonie de tels beaux poèmes tout imprégnés d'Orphée peut-être et d'Euripide certainement. On s'amuse, on s'étonne, non sans quelque remords, devant une Phèdre, une Iphigénie, une Andromaque fantasquement renouvelées, et dans telles autres pièces qui n'ont pas eu de modèles millénaires et princiers, dans la *Singesse*, par exemple, on voit luire et cligner les yeux sarcastiques du capripède et frétiller sa queue égayante.

Fou qui se sert de sa folie pour nasarder la folie universelle, le Fol de cour suscite le rire et parfois la peur. Feint-il de se plaire à des jeux puérils? Soudain il se renfrogne et machine un piège. Prépare-t-il un tour bouffon? Ne vous esclaffez pas trop tôt : le tour va devenir macabre. Je vous recommande aussi de ne point « charrier », comme on disait sous Louis XII, les chaussures du Fol, mi-partie de couleurs criardes : elles sont adroites, promptes et aiguës comme un pal. Et je vous conseille, sur toutes choses, de ne vous point gaudir de son sceptre surmonté d'une tête grotesque et garnie de grelots : il frappe dur sans que l'on puisse s'indigner des coups à la fois sournois et impertinents qu'il dispense.

Georges Fourest badine, mais il a compris que la vie est une farce amère; et s'il fait semblant d'attraper des hannetons, si même il attrape pour tout de bon quelques-uns de ces coléoptères lamellicornes, il est moins abstrait que ne le pourrait croire la tribu des critiques (et celle des mélolonthinés) par un si ingénu passe-temps. La chanson des grelots, qu'il se targue d'aimer, il l'agrémente de couplets aux sous-entendus goguenards, il la contrepointe de refrains à double entente, modulés savamment et perfidement dans une contorsion exquise des lèvres.

Coiffé comme un astrologue, la tête sur une collerette blanche de pierrot, le Clown enluminé risque entre deux coq-à-l'âne les sauts les plus périlleux et sanglote en débitant les fables les plus hilarantes. Disloqué paradoxal, funambule ahurissant, saltimbanque énigmatique, il se montre adroit à ce point qu'il peut suggérer qu'il est gauche, lui si malin qu'il peut — quand il lui plaît — passer pour un lourdaud. Bateleur élégant, il pince sans rire. Pitre magique, il se fout du peuple. Comique à froid, il atteint au génie. Et il semble que ce soit lui qui ait écrit *l'Epître Falote et Balnéaire* et inventé ces sardines

Sans voix, sans mains, sans genoux,

et ce journaliste paillard, versificateur et pétunomane qui

... se gavait de tripe
à la mode de Caen parmi des croque-morts,

et ce vieux saint, cet adorable saint qui subit

... deux fois
(Saint de chair et saint de bois)
Le Martyre pour la foi.

Ainsi, Clown, Fol de cour et Satyre, Georges Fourest personnifie les trois êtres prestigieux qui représentent à travers les âges le rire artiste et extravagant.

Le plus singulier de l'histoire — histoire non naturelle vraiment — c'est que, dans la vie ordinaire, cet Ægipan, ce Triboulet, cet irrésistible amuseur de Cirque, affecte la tournure hautainement désinvolte, la prestance cavalcadeuse d'un officier de la garde impériale. Et c'est sans doute ce qui explique que, de même qu'en les pièces de Plaute, il est constamment question d'Athènes, du Pirée, de Rhodes, d'Ephèse, de la Sicile (et que, pourtant, il est notoire que tous les actes de ces comédies, toutes leurs scènes se passent à Rome), de même il est manifeste que tous les poèmes de Fourest, tous les décors qu'ils invoquent, l'île de Tamamourou, le bord du Loudjiji, le Lac des Libellules, se situent dans l'empire français.

Exotiques ou nationaux, ces poèmes regorgent de beautés et de Beauté. Cela seul importe.

Le plus vaseux des critiques, l'auteur des samedis littéraires lui-même, ne pourrait qu'admirer, si jamais il ouvrait ce livre, l'alexandrin de Georges Fourest, nombreux, rimé dru, assez sonore pour réveiller les auditeurs gorgés de véronal, de trional, de sulfonal ou d'Ernest Charl. Parfois, ce vers fait songer, par son bondissement rythmique, aux meilleures Odes funambulesques, à celle, par exemple, où Théodore de Banville, échappant à l'obsession de la rime-calembour, traçait l'inoubliable croquis de « ce groupe essentiel » :

Monsieur Courbet grimpant sur une diligence
Et sa barbe pointue escaladant le ciel.

En certaines strophes, la *Singesse* semble s'apparenter, avec moins de gaminerie rapinesque et plus de poétique éclat, à cette Négresse *du Parnassiculet* qu'hypnotisait de ses coruscations

Un shako d'artilleur orné d'un pompon vert

Mais pourquoi m'évertuerais-je à lui rechercher des ascendants littéraires, alors que n'a pas eu de modèle et n'aura pas d'imitateur sa pompeuse et mirifique et retentissante *Epître testamentaire*, par laquelle, évoquant des pompes funèbres insoupçonnées du miteux Chauchard, le poète ordonne, pour escorter son cercueil, ce « coffre d'orichalque ocellé de sardoines », un inégalable cortège où les esclaves d'Orient, les porteurs vêtus de laticlaves jaunes et les bardes édités chez Messein défilent en compagnie d'une faune peu commune — couaggas, hircorcerfs, zébus, zèbres, girafes, — luxe d'Empire à la fin de la Décadence, que pimentent narquoisement des causticités ultra-modernes, bouffonnes truculences tout à fait dignes d'un Héliogabale des quat'-z'-arts.

Vieil habitué du Soleil d'or, jamais, de ma demi-mondaine de vie, jamais je n'oublierai la formidable acclamation qui ébranla les murs du sous-sol où s'entassaient, chaque semaine, tant de poètes, le jour que leur fut récitée l'*Epître falote et testamentaire pour régler l'ordre et la marche de mes funérailles*. Dans l'opaque fumée de la tabagie en liesse, les bravos crépitaient furieusement en l'honneur du portelyre absent dont les strophes se déroulaient avec une ampleur de la plus grandiloquente cocasserie.

Tous bavaient d'extase : Adolphe Retté, aujourd'hui bénédictin, alors anarchiste; Rambosson, notoire de par son romantique prénom d'Yvanhoé; F.-A. Cazals, étranglé d'une haute cravate en spirales, le front barré d'une mèche à la Delacroix, féroce et loyal « en un frac très étroit aux boutons de métal ». Le piano, hebdomadairement massé par le docteur Le Bayon, avait cessé ses gémissements coutumiers, et, assoiffés de lyrisme, les chansonniers eux-mêmes écoutaient; nasillardes clameurs de Canqueteau, vocalises sopranisées par Montoya, couplets antigouvernementaux mâchés férocement par Ferny, tout se taisait; on n'entendait plus, scandée par le récitant, que l'impressionnante épitaphe :

Ci-gît Georges Fourest; il portait la royale,
Tel, autrefois, Armand-Duplessis-Richelieu,
Sa moustache était fine et son âme loyale,
Oncques il ne craignit la vérole ni Dieu !

Quand le dernier vers eut cessé de bruire, les auditeurs du Soleil d'Or, les mains brisées à force d'applaudir, les poumons encrassés de nicotine, jugèrent hygiénique d'extérioriser leurs admirations. De la Fontaine Saint-Michel à Bullier, le Boulevard se couvrit de thuriféraires... (le baron Trimouillat, ténorino mégalomane mais imperceptible, atteint de l'aphonie des grandeurs; l'incohérent Jules Lévy, dont le rire laissait briller soixante-quatre dents éblouissantes; Lemice-Térieux-Paul-Masson, raviné de rides comme un cirque lunaire; Henri Mazel, méridional blond clair, et le lillois X. — paix à ses gendres — noir et crépu comme un Soudanais; Le Cardonnel, Ernest Raynaud, Henri Gauthiers-Villars, devenus l'un prêtre, l'autre commissaire de police, le dernier journaliste)... tous vociférant leur enthousiasme, tous sacrant Fourest chef d'école (l'Ecole Fourestière), tous chantant, inlassables, sur un timbre trop connu :

Que mon enterrement soit superbe et farouche,
Que les bourgeois glaireux bâillent d'étonnement
Et que Sadi-Carnot, ouvrant sa large bouche,
Se dise : « Nom de Dieu ! Le bel enterrement ! »
Sur l'air du tra, la, la, la...

Car nous étions ce qu'on est convenu d'appeler la Jeunesse studieuse...

WILLY.

A LA MÉMOIRE

DE

POL MAÇON

LA NÉGRESSE BLONDE

LA NÉGRESSE BLONDE

Quamvis ille niger, quamvis tu candidus esses

VIRGILE.

Electro similes auroque capillos.

OVIDE.

Fulvoque nitet coma gratior auro.

CALPURNIUS.

Et flavicomis radiantia tergora villis.

CLAUDIEN.

I

Elle est noire comme cirage,
comme un nuage
au ciel d'orage,
et le plumage
du corbeau,
et la lettre A, selon Rimbaud :
comme la nuit,
comme l'ennui,
l'encre et la suie !
Mais ses cheveux,
ses doux cheveux
soyeux et longs
sont blonds, plus blonds

que le soleil
et que le miel
doux et vermeil,
que le vermeil,
plus qu'Ève, Hélène et Marguerite,
que le cuivre des lèchefrites,
qu'un épi d'or
de Messidor,
et l'on croirait d'ébène et d'or
La Belle Négresse, la Négresse Blonde !

II

Cannibale mais ingénue
elle est assise, toute nue
sur une peau de kanguroo,
dans l'île de Tamamourou !
Là, pétauristes, potourous,
ornithorrynques et wombats,
phascolomes prompts au combat,
près d'elle prennent leurs ébats !
Selon la mode Papoua,
sa mère, enfant la tatoua :
en jaune, en vert, en vermillon,
en zinzolin, par millions,
oiseaux, crapauds, serpents, lézards,
fleurs polychromes et bizarres,
chauves-souris, monstres ailés,
laids, violets, bariolés,

sur son corps noir sont dessinés,
Sur ses fesses bariolées
on écrivit en violet
deux sonnets sibyllins rimés
par le poète Mallarmé,
et sur son ventre peint en bleu
fantastique se mord la queue
un amphisbène.
L'arête d'un poisson lui traverse le nez;
de sa dextre aux doigts terminés
par des ongles teints au henné,
elle caresse un échidné,
et parfois elle fait sonner
en souriant d'un air amène
à son col souple un beau collier
de dents humaines,
La Belle Négresse, la Négresse blonde!

III

Or des Pierrots,
de blancs Pierrots, de doux Pierrots
blancs comme des poiriers en fleurs,
comme la fleur
des pâles nymphéas sur l'eau,
comme l'écorce des bouleaux,
comme le cygne, oiseau des eaux,
comme les os
d'un vieux squelette,

blancs comme un blanc papier de riz,
blancs comme un blanc Mois-de-Marie
de doux Pierrots, de blancs Pierrots
dansent le falot boléro,
la fanfulla, la bamboula,
éperdument au son de la
maigre guzla,
autour de la
Négresse blonde.

IV

Parfois un Pierrot tombe, alors,
brandissant un scalpel en or
et riant un rire sonore,
un triomphant rire d'enfant,
vainqueur, moqueur et triomphant,
en grinçant, la négresse fend
la poitrine de l'enfant blême
et puis scalpe l'enfant blême,
et, de ses dents que le bétel,
teint en ébène, bien vite elle
mange le cœur et la cervelle,
sans poivre, ni sel!
Ah! buvant — suave liqueur! —
le sang tout chaud, cervelle et cœur,
elle dévore tout, et moi,
Négresse, je t'apporte ici
mon cœur et ma cervelle aussi,
mon foie itou,

et bâfre tout,
trou laï tou!
car sans mentir, j'ai proclamé
que dans ce monde,
laid, sublunaire et terraqué
et détraqué,
pour qui n'est pas un paltoquet
comme Floquet (1)
seule fut digne d'être aimée,
la blonde Négresse, la Négresse blonde!...

(1) Il faut bien avouer que le nom du respectable et feu M. Floquet vient ici comme des cheveux sur la soupe. Mais, bah!

(*Note de l'auteur*).

RENONCEMENT
BUS
LUNDI
MARDI
MERCREDI
N'
É

RENONCEMENT

> Quid dignum stolidis mentibus imprecet?
> Opes honores ambiant!
> Et, quum falsa gravi mole paraverint
> Tum vera cognoscant bona)
>
> S. Boetius.
>
> (*De consolatione philosophiæ*, Lib. III)

Bourgeois hideux, préfets, charcutiers, militaires,
gens de lettres, marlous, juges, mouchards, notaires,
généraux, caporaux et tourneurs de barreaux
de chaise, lauréats mornes des Jeux Floraux,
banquistes et banquiers, architectes pratiques
metteurs de Choubersky dans les salles gothiques,
dentistes, oyez tous! — Lorsque je naquis dans
mon château crénelé, j'avais trois mille dents
et des favoris bleus : on narre que ma mère)
(et croyez que ceci n'est pas une chimère!)
m'avait porté sept ans entiers. Encore enfant
j'assommai d'une chiquenaude un éléphant.
Chaque jour, huit pendus à face de Gorgone
grimaçaient aux huit coins de ma tour octogone,
et j'eus pour précepteur cet illustre Sarcey
qui semble un fruit trop mûr de cucurbitacé,

mais qui sait tout, ayant lu plusieurs fois Larousse !
Mon parrain se nommait Frédéric Barberousse.
Ouand j'atteignis quinze ans, le Cid Campeador,
pour m'offrir sa tueuse et ses éperons d'or,
sortit de son tombeau; d'une voix surhumaine :
« — Ami, veux-tu coucher, dit-il, avec Chimène ! »
Moi, je lui répondis : « Zut ! » et « Bran ! » Par façon
de divertissement, d'un coup d'estramaçon
j'éventrai l'Empereur; puis je châtrai le Pape
et son grand moutardier; je dérobai sa chape
d'or, sa tiare d'or et son grand ostensoir
d'or pareil au soleil vermeil dans l'or du soir !
Des cardinaux traînaient mon char, à quatre pattes,
et je gravis ainsi, sept fois, les monts Karpathes.
Je dis au Padishah : « Vous n'êtes qu'un faquin ! »
Pour ma couche, le fils de l'Amoraboquin
m'offrit ses trente sœurs et ses quatre-vingts femmes
et je me suis grisé de voluptés infâmes
parmi les icoglans du grand Kaïmakan !
Les Boyards de Russie au manteau d'astrakan
décrottaient mes souliers. L'Empereur de la Chine,
pour monter à cheval me prêtant son échine
osa me dire un mot sans ôter son chapeau :
je l'écorchai tout vif et revendis sa peau
très cher à Félix Faure ! Encore qu'impubère
(on me voit tous les goûts de feu César Tibère)
je déflorai la sœur de Taïkoun; je crois
qu'il voulut rouspéter : je fis clouer en croix
ce bélître, piller, huit jours, sa capitale
et dévorer son fils par un onocrotale !

Ayant sodomisé Brunetière et Barrès,
j'exterminai les phansegars de Bénarès!
A Byzance qu'on nomme aussi Constantinople,
ô Mahomet, je pris ton drapeau de sinople
pour m'absterger le fondement et j'empalais
chaque soir, un vizir au seuil de mon palais!
Ma dague, messeigneurs, n'est pas fille des rues :
elle a trente-et-un jours dans le mois ses menstrues!
En pissant j'éteignis le Vésuve et l'Hekla;
le mont Kinchinjinga devant moi recula!
Voulant un héritier, sur les bords du Zambèze
Où nage en reniflant l'hippopotame obèse,
dans la forêt, séjour du mandrill ou nez bleu,
sous le ciel coruscant et les rayons de feu
d'un soleil infernal que le Dyable tisonne,
j'eus quatorze bâtards jumeaux d'une Amazone.
Parmi ces négrillons j'élus, pour mettre à part,
le plus foncé, jetant le reste à mon chat-pard!
La Reine de Saba, misérable femelle,
voulut me résister : je coupai sa mamelle
senestre pour m'en faire une blague et, depuis,
je fis coudre en un sac et jeter en un puits
la fille d'un rajah parce que son haleine
était forte et je fus aimé d'une baleine
géante au Pôle Nord (palsambleu! c'est assez
pervers, qu'en dites-vous? l'amour des cétacés!)
Fort peu de temps avant que je ne massacrasse
l'affreux Zéomébuch et tous ceux de sa race,
dans la jungle où saignaient des fleurs d'alonzoas
je dévorai tout crus huit cent mille boas,

et je bus du venin de trigonocéphale !
La rafale hurlait ! je dis à la rafale :
« — Qu'on se taise ! ou mordieu !.. »... La rafale se tut !
Répondez ! Répondez, bonzes de l'Institut :
mon *Quos ego* vaut-il celui du sieur Virgile ?
Or — j'atteste ceci la main sur l'Evangile ! —
un matin, il me plut de descendre en enfer
avant le déjeuner ; mon cousin Lucifer
me reçut noblement et me donna mille âmes
de Juifs à torturer ! Ensemble nous parlâmes,
politique, beaux-arts, et coetera, je vis
qu'il avait du bon sens : il fut de mon avis
en tout ; et j'urinai dans les cent trente bouches
du grand Baal-Zebub, archi-baron des mouches !
L'Océan Pacifique a vu plus d'une fois,
son flux et son reflux s'arrêter à ma voix !
A ma voix, les pendus chantaient à la potence...
Or, ayant tout rangé sous mon omnipotence,
les Rois, les Empereurs, les Dieux, les Eléments,
servi par les sorciers et par les nécromants,
je compris que la vie est une farce amère
et, pensif, conculcant les cinq mondes vautrés
à mes pieds, je revins, près de ma vieille mère,
deviner les rébus des journaux illustrés !

SIX PSEUDO-SONNETS TRUCULENTS ET ALLÉGORIQUES

PSEUDO-SONNET

PLUS SPÉCIALEMENT TRUCULENT ET ALLÉGORIQUE

Nargue Legrand-du-Saulle et sois un Grand-du-Cèdre.

X. Flumen.

Il hurlait : « Mon nombril est un chrysobéryl !
« mon corps est serti de feldspath et d'argyrose,
« ma couche est le pistil entr'ouvert d'une rose
« et c'est d'*or pur* que ZEUS fit mon membre viril ! (1)

« Mon *père* l'IBIS NOIR et ma *mère* l'ÉTOILE
« *Gamma* du *Petit-Chien* dorment sur le Liban :
« voilà pourquoi je hais l'infâme Caliban ;
« *à quatorze ans* j'entrai chez un marchand de *toiles*

)1) On tient à affirmer hautement qu'il n'est fait ici nulle allusion déplacée à l'éminent maëstro Ch. M. Widor.

(*Note de l'auteur*).

« *peintes*! Cet homme-là ne fut qu'un propre à rien!
« *Nabuchodonosor*!!! ô quel Assyrien!!!
« Moi! j'ai des *cornes de Licorne* dans la bouche!

« Gazelle de sinople aux juillets pluvieux!... »
Et, comme il achevait, le médecin, un vieux
rasé, dit au gardien : *Qu'on le mène à la douche!*

PSEUDO-SONNET

Pessimiste et Objurgatoire

Itaque multi extitere qui non nasci
optimum senserent aut quam citissime aboleri.

Pline l'ancien.

Père, qui m'engendras du tarse au métacarpe
malgré Schopenhauer et la loi de Malthus ;
toi, mon appartement lorsque j'étais fœtus,
ma Mère; — et toi, Parrain, dénommé Polycarpe;

Maître qui m'enseignas, ô merci, que la carpe
est un cyprinoïde et qu'en latin *bortus*
traduit le mot *jardin* ; Flamande sans astuce, (1)
nourrice au lait crémeux, simple enfant de la Scarpe ;

---

(1) Rime audacieuse, j'aime à le croire!

(*Note de l'auteur.*)

prêtre, qui m'aspergeas de l'eau du baptistère
et par qui je connus (sublime et doux mystère!)
vers l'âge de douze ans, la saveur du Sauveur,

hélas! ne pouviez-vous, me prenant par l'échine,
quand je bavais, môme gluant, déjà rêveur,
m'offrir à des cochons, comme l'on fait en Chine?

PSEUDO-SONNET

Africain et gastronomique ou (plus simplement)

repas de famille

Prenez et mangez : ceci est mon corps.

Au bord du Loudjiji qu'embaument les arômes
des toumbos, le bon roi Makoko (1) s'est assis.
Un m'gannga tatoua de zigzags polychromes
sa peau d'un noir vineux tirant sur le cassis.

Il fait nuit : les m'pafous ont des senteurs plus frêles ;
sourd, un marimeba vibre en des temps égaux ;
des alligators d'or grouillent parmi les prêles,
un vent léger courbe la tête des sorghos ;

---

(1) Makoko, souverain anthropophage (mais constitutionnel) de l'Afrique Centrale.

(*Note de l'auteur.*)

et le mont Koungoua rond comme une bedaine,
sous la Lune aux reflets pâles de molybdène,
se mire dans le fleuve au bleuâtre circuit.

Makoko reste aveugle à tout ce qui l'entoure:
avec conviction ce potentat savoure
un bras de son grand-père et le juge trop cuit.

PSEUDO-SONNET

IMBRIAQUE ET DÉSESPÉRÉ

Que fait pourtant un pauvre ivrogne ?
Il se couche et n'occit personne !
Olivier BASSELIN.

Let us have wine : and women, mirth and laughter :
Sermons and soda-water the day after !
Man, being reasonable, must get drunk :
The best of life is but intoxication !
Lord BYRON.

Gin ! Hydromel ! Kummel ! Whisky ! Zythogala !
J'ai bu de tout ! parfois soûl comme une bourrique !
l'Archiduc de Weimar jadis me régala
d'un vieux Johannisberg à très cher la barrique !

Dans le crâne scalpé du sachem Ko-Gor-Roo
Boo-Loo, j'ai puisé l'eau des torrents d'Amérique !
Pour faire un grog, vive l'acide sulfurique !
Tout petit je suçai le lait d'un kanguroo ! (1)

---

(1) Un kanguroo femelle, bien entendu.

(*Note de l'auteur*).

(Mon père est employé dans les pompes funèbres :
c'est un homme puissant ! J'attelle quatre zèbres
à mon petit dog-cart et je m'en vais au trot !)

Or, aujourd'hui noyé de Picons et d'absinthes
je meurs plus écœuré que feu Jean des Esseintes :
Mon Dieu ! n'avoir jamais goûté de vespetro !

PSEUDO-SONNET

ASIATIQUE ET LITTÉRAIRE

> L'Extrême-Orient s'européanise de plus en plus : l'Inde, le Japon, la Chine, la presqu'île Indochinoise dévorent aujourd'hui nos romans et nos brochures.
>
> Télesphore COULAUD, juge de paix.

Emmi les hauts roseaux, les rotangs et les joncs que
réfléchit l'étang mauve où nagent les cyprins,
la frêle Hadja-Sari, fille des mandarins
au teint jaune citrin navigue dans sa jonque;

la salangane vole, effroi des moucherolles (1)
à son nid de fucus, potage expectatif;
un friselis frivole affole les corolles
des lotus fiers d'avoir Loti pour génitif.

---

(1) On dirait qu'on joue à pigeon vole, trouvez-vous pas ?

(*Note de l'auteur*).

On entend miauler un tigre dans les jungles.
Or, de ses doigts menus que terminent des ongles
pointus, Hadja-Sari, princesse de Bangkok,

avec un geste mièvre et des mines jolies
feuillette, abandonnant la rame à ses coolies
un roman très cochon que signa Paul de Kock.

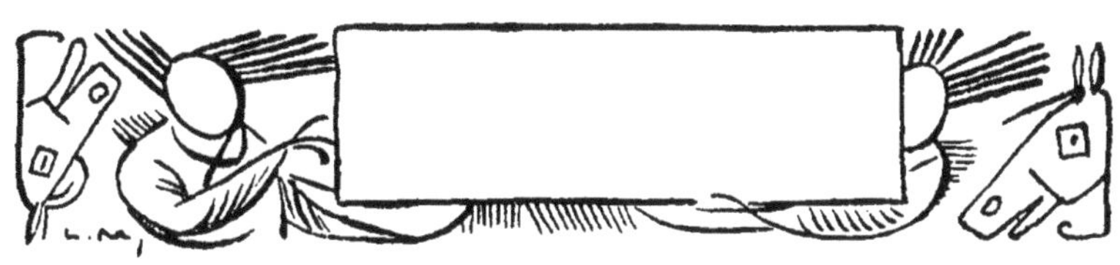

PSEUDO-SONNET

que les amateurs de plaisanterie facile proclameront
le plus beau du recueil

. . . .
. . . .

Nemo (*Nihil*, cap. 00).
31 février 53490.

× × × × × × × × × × × × × × × × × × × ×
× × × × × × × × × × × × × × × × × × × ×
× × × × × × × × × × × × × × × × × × × ×
× × × × × × × × × × × × × × × × × × × ×

× × × × × × × × × × × × × × × × × × × (1)
× × × × × × × × × × × × × × × × × × × ×
× × × × × × × × × × × × × × × × × × × ×
× × × × × × × × × × × × × × × × × × × ×

---

(1) Si j'ose m'exprimer ainsi !

(*Note de l'auteur*).

L. M.

LA SINGESSE

LA SINGESSE

I cannot conceive you to be human creatures but a sort of species hardly a degree above a monkey, who has more diverting tricks than any of you, and is an animal less mischievous and expensive.

SWIFT (Letter to a very young lady).

Donc voici ! Moi, poète, en ma haute sagesse
Respuant l'Ève à qui le Père succomba,
J'ai choisi pour l'aimer une jeune singesse
Au pays noir dans la forêt de Mayummba.

Fille des mandrills verts, ô guenuche d'Afrique,
Je te proclame ici la reine et la Vénus
Quadrumane, et je bous d'une ardeur hystérique
Pour les callosités qui bordent ton anus.

J'aime ton cul pelé, tes rides, tes bajoues
Et je proclamerai devant maintes et maints,
Devant M. Reyer, mordieu, que tu ne joues
Oncques du piano malgré tes quatre mains ;

Et comme Salomon pour l'enfant sémitique,
La perle d'Issachar offerte au bien-aimé,
J'entonnerai pour toi l'enamouré cantique,
O ma tour de David, ô mon jardin fermé...

C'était dans la forêt vierge sous les tropiques
Où s'ouvre en éventail le palmier chamœrops;
Dans le soir alangui d'effluves priapiques
Stridait, rauque, le cri des nyctalomerops:

L'heure glissait, nocturne, où gazelles, girafes,
Couaggas, éléphants, zèbres, zébus, springbocks (1)
Vont boire aux zihouas sans verres ni carafes.
Laissant l'homme pervers s'intoxiquer de bocks;

Sous les cactus en feu tout droits comme des cierges
Des lianes rampaient (nullement de Pougy);
Autant que la forêt, ma Singesse était vierge;
De son sang virginal l'humus était rougi.

Le premier, j'écartai ses lèvres de pucelle
En un rut triomphal, oublieux de Malthus,
Et des parfums salés montaient de son aisselle
Et des parfums pleuvaient des larysacanthus;

Elle se redressa, fière de sa blessure,
A demi souriante et confuse à demi;
Le rugissement fou de notre jouissure
Arrachait au repos le chacal endormi.

Sept fois je la repris, lascive : son œil jaune
Clignotait, langoureux, tour à tour, et mutin;
La Dryade amoureuse aux bras du jeune Faune
A moins d'amour en fleurs et d'esprit libertin!

(1) Etc., etc. (*Note de l'auteur*).

Toi, Fille des humains, triste poupée humaine
Au ventre plein de son, tondeuse de Samson,
Dalila, Bovary, Marneffe ou Célimène,
Contemple mon épouse et retiens sa leçon;

Mon épouse est loyale et très chaste et soumise
Et j'adore la voir, aux matins ingénus,
Le cœur sans artifice et le corps sans chemise,
Au soleil tropical, montrer ses charmes nus;

Elle sait me choisir ignames et goyaves;
Lorsque nous cheminons par les sentiers étroits,
Ses mains aux doigts velus écartent les agaves,
Tel un page attentif marchant devant les rois,

Puis, dans ma chevelure, oublieuse du peigne,
Avec précaution elle cherche les poux,
Satisfaite, pourvu que d'un sourire daigne
La payer une fois, le Seigneur et l'Epoux.

Si quelque souvenir de soûleur morte amasse
Des rides sur mon front que l'ennui foudroya,
Pour divertir son maître elle fait la grimace,
Grotesque et fantastique à délecter Goya!

Un étrange rictus tord sa narine bleue,
Elle se gratte d'un geste obscène et joli
La fesse, puis s'accroche aux branches par la queue
En bondissant, Foottit, Littl-Tich, Hanlon-Lee!

Mais soudain la voilà très grave ! Sa mimique
Me dicte et je sais lire en ses regards profonds
Des vocables muets au sens métaphysique,
Je comprends son langage et nous philosophons.

Elle croit en un Dieu par qui le soleil brille,
Qui créa l'univers pour le bon chimpanzé
Puis dont le Fils Unique, un jour s'est fait gorille
Pour ravir le pécheur à l'enfer embrasé !

Simiesque Javeh de la forêt immense,
O Zeus omnipotent de l'Animalité,
Fais germer en ses flancs et croître ma semence,
Ouvre son utérus à la maternité.

Car je veux voir, issus de sa vulve féconde,
Nos enfants libérés d'atavismes humains
Aux obroontchoas, que la serpe n'émonde
Jamais, en grimaçant grimper à quatre mains !...

Et dans l'espoir sacré d'une progéniture
Sans lois, sans préjugés, sans rêves décevants,
Nous offrons notre amour à la grande nature,
Fiers comme les palmiers, libres comme les vents ! ! !

SARDINES
PETITES ÉLÉGIES
FALOTES

SARDINES A L'HUILE

Sardines à l'huile fine sans têtes et sans arêtes.

(Réclame des Sardiniers, *passim*).

Dans leur cercueil de fer blanc
plein d'huile au puant relent
marinent décapités
ces petits corps argentés
pareils aux guillotinés
là-bas au champ des navets !
Elles ont vu les mers, les
côtes grises de Thulé,
sous les brumes argentées,
la Mer du Nord enchantée...
Maintenant dans le fer blanc
et l'huile au puant relent,
de toxiques restaurants
les servent à leurs clients ! —
Mais loin derrière la nue
leur pauvre âmette ingénue
dit sa muette chanson
au Paradis-des-poissons,

une mer fraîche et lunaire
pâle comme un poitrinaire,
la Mer de Sérénité
aux longs reflets argentés
où, durant l'éternité,
sans plus craindre jamais les
cormorans et les filets,
après leur mort nageront
tous les bons petits poissons !... —
sans voix, sans mains, sans genoux, (1)
Sardines, priez pour nous !...

(1) Tout ce qu'il faut pour prier.

(*Note de l'Auteur*)

LE DOIGT DE DIEU

Oserai-je, Oscar, rappeler ici tous tes crimes ?
Vois, le peu que j'en ai dit révolte
déjà mon sensible lecteur.

DUCRAY-DUMINIL.

..... Marie la Magdeleine
folle vie mena et orde
la dame de miséricorde
la rappelle puis vint arrière.
Et fu à Dieu bonne et entière.

RUTEBEUF (*La Vie de Saint-Marie-Égyptianne*).

Il avait violé sa sœur, coupé sa mère
en tout petits morceaux : jugeant la vie amère
et se voulant donner quelque distraction
il servit à son père une décoction
vénéneuse, du foie et des reins ennemie
(car il avait beaucoup potassé la chimie) :
cette mixture fit mourir le doux vieillard.
Il était mal poli, journaliste, paillard,
trichait au jeu, faisait des vers, fumait la pipe
dans la rue, et, le soir, il se gavait de tripe

à la mode de Caen parmi les croque-morts.
D'ailleurs il n'éprouvait pas l'ombre d'un remords
et vivait très correct et très digne et coulait de
bien beaux jours (comme feu M. Paul Déroulède).
Mais Dieu possède un DOIGT et l'immoralité
ne saurait échapper à la fatalité...

. . . .

Un matin, comme il avait fait la grande fête
un pot de *réséda* lui tomba sur la tête,
et le Seigneur l'admit au Paradis profond
car il était plus vif que méchant dans le fond !...

LE VIEUX SAINT

Non ei species neque decor.
TERTULLIEN.

Dans notre église autrefois,
il était un saint de bois :
l'air bonasse et vénérable,
taillé dans un tronc d'érable,
à coups de hache, il avait
écouté plus d'un *ave*
montant vers lui du pavé ;
tout vermoulu, tout cassé,
le Bon Dieu le connaissait
bien et toujours l'exauçait. —

A vêpres quand s'allumaient
les cierges qui tremblottaient,
un peu gourmand, il humait
le bon encens qui fumait
dans l'encensoir parfumé ;
sur toute chose il aimait

aux beaux soirs du mois de Mai
les belles roses de Mai
devant l'autel embaumé ;
et quand Noël ramenait
les petits bergers frisés,
soëf, il amignottait
Jésus, le doux nouveau-né.
Puis dans l'église fermée
où les vitraux s'éteignaient,
lentement il s'endormait
priant, pour nos trépassés,
le Bon Dieu qui l'exauçait !

Mais de Paris est venu,
hideux comme un parvenu,
tout neuf et peinturluré
un saint de plâtre doré,
un affreux saint qu'ils ont mis
dans la niche où tu dormis,
ô vieux saint, mon vieil ami,
et les sans-cœur ont brûlé
en disant : Il est trop laid !
ton pauvre corps d'exilé.

Mais, vieux saint je te promets
que je ne prierai jamais
l'intrus, mais toujours à toi
s'en iront mes vœux, à toi,

père, qui subis deux fois
(saint de chair et saint de bois)
le martyre pour la foi,
et quand je mourrai, c'est toi
qui porteras dans les cieux
mon âme aux pieds du Bon Dieu...
mission de confiance, je l'ose dire.

LES POISSONS MÉLOMANES

.... car la musique est douce,
Fait l'âme harmonieuse et, comme un divin chœur,
Éveille mille voix qui chantent dans le cœur !

V. H.

Musica me juvat ou delectat.
(LHOMOND, *Grammaire latine.*)

Les pianos
des casinos
aux bains de mer
font rêver les poissons qui nagent dans la mer,
car (tous les érudits le savent, de nos jours)
ils sont muets, c'est vrai, mais ils ne sont pas sourds !

Tout d'abord ils s'étonnent ;
roulant des yeux peureux :
— « Peut-être bien qu'il tonne ? »
songent-ils à part eux. —

Mais vite ils se rassurent
et voyant que
nul éclair ne fulgure,
Ils battent la mesure
avec leur queue ?

Les sardinettes réjouies
pour ouïr ouvrant leurs ouïes
dansent la ronde,
toute la nuit.
Un grondin gronde :
— Allez dormir avec ce bruit !
Mais les bars indulgents sourient à cette danse
et jugeant que
ce sont jeux innocents, ils marquent la cadence
avec leur queue !

Les pianos
des casinos
aux bains de mer
amusent les poissons qui nagent dans la mer !
Sonate en *ré*
(*mi*, *fa*, *sol*, *ré*)
plus d'une jeune raie
langoureuse voudrait
être au moment du frai,
car elle se sent l'âme
pleine d'épithalames !
Romance en *sol*
do, *mi*, *fa*, *sol* :
(la *Romance du saule*)
plus d'une jeune sole
pose pour *Doña Sol*,
cependant que

les maquereaux galants
et les petits merlans

doux et dolents
admirent leur tournure,
et battent la mesure
avec leur queue !

Les pianos
des casinos
aux bains de mer
font rêver les poissons qui nagent dans la mer !
Digue, don, don !
C'est Offenbach !
digue, dondaine !
et non plus Bach !
Joyeux, bon prince,
levant la pince,
le homard pince
un rigodon !
Digue, dondaine !
Digue, dondon !
mais — horreur! — n'est-ce pas un air de l'*Africaine?*
Saisi d'un tremblement
convulsif, le homard songe à l'*Américaine*
affreux pressentiment !
Mais vite il se rassure
et jugeant que
les pêcheurs sont couchés, il marque la mesure
avec sa queue !

Les pianos
des casinos
aux bains de mer
amusent les poissons qui nagent dans la mer !....,
Et puis, lorsque l'automne
ferme les casinos,
ah ! les pauvres poissons trouvent bien monotones
les nuits sans pianos....,
et dans leur souvenance
cherchant un air qui fuit,
ils nagent en cadence
mais pleins d'ennui !

FLEURS DES MORTS

O chrysanthèmes, fleurs d'or,
Fleurissez les pauvres morts ;
chrysanthèmes, fleurissez
pour les pauvres trépassés...
Mais sous la terre enfermés,
ils ne connaîtront jamais
vos pétales embaumés (1) :
dans leurs tristes monuments
las ! ils verront seulement
vos racines : c'est pourquoi,
sentimental, à part moi,
je songe, ô vivants pieux,
que peut-être il vaudrait mieux
planter sous les cyprès verts
les fleurs des morts à l'envers !

(1) Il est bon de faire observer que les chrysanthèmes sentent plutôt mauvais.

(*Note de l'auteur*).

SOUVENIR

OU

AUTRE REPAS DE FAMILLE

> Après avoir vidé et nettoyé vos boyaux, coupez-les en filets de 25 centimètres auxquels vous joindrez du lard maigre coupé aussi en filets.
>
> Mlle ROSALIE BLANQUET.
>
> (*La Cuisinière des ménages*, partie III, cap. V).

Quand j'étais tout petit, nous dînions chez ma tante
le jeudi soir ; papa la jugeait dégoûtante
à cause d'un lupus qui lui mangeait le nez :
ce m'est un souvenir si doux que ces dîners !
Après le pot-au-feu, la bonne, Marguerite,
apportait le gigot avec la pomme frite
classique, et c'était bon ! je ne vous dis que ça !
Chacun jetait son os à la chienne Aïssa,

Moi, ce que j'aimais bien, c'est l'andouille de Vire;
je contemplais (ainsi que Lamartine, Elvire)
sur mon assiette à fleurs les gros morceaux de lard,
et je roulais des yeux béats de papelard
et ma tante disait : « Mange donc, niguedouille ! »
O Seigneur, bénissez ma tante et son andouille !

PETITS LAPONS

Tous nos malheurs viennent de ne sçavoir
demeurer enfermez dans une chambre.
BLAISE PASCAL.

Dans leur cahute enfumée
bien soigneusement fermée
les braves petits Lapons
boivent l'huile de poisson !

Dehors, on entend le vent
pleurer ; les méchants ours blancs
grondent en grinçant des dents,
et depuis longtemps est mort
le pâle soleil du Nord !
Mais dans la hutte enfumée
bien soigneusement fermée,
les braves petits Lapons
boivent l'huile de poisson...

Sans rien dire ils sont assis,
père, mère, aïeul, les six
enfants, le petit dernier
bave en son berceau d'osier (1) ;

---

(1) Y a-t-il de l'osier en Laponie ? Mystère et botanique.
(*Note de l'Auteur*).

leur bon vieux renne au poil roux
les regarde, l'air si doux!
Bientôt ils s'endormiront
et demain ils reboiront
la bonne huile de poisson,
et puis se rendormiront
et puis un jour ils mourront!

Ainsi coulera leur vie
monotone et sans envie!....
et plus d'un poète envie
les braves petits Lapons
buveurs d'huile de poisson!

JARDINS D'AUTOMNE

Une rose d'automne est plus qu'une autre exquise.
AGRIPPA D'AUBIGNÉ.

L'ombre et l'abîme ont un mystère
Que nul mortel ne pénétra ;
C'est Dieu qui leur dit de se taire
Jusqu'au jour où tout parlera.
V. HUGO.

Les jardins ont perdu leurs robes éburnales,
Eden trois fois béni d'où nous fûmes chassés,
Pourpre sainte attestant la blancheur des annales,
Ces roses de la Nuit chantent les trépassés ;

Les trépassés là-bas qui dorment dans leur bière
Sous l'obscène pâleur du seul magnolia ;
Reviendras-tu sécher les pleurs de nos paupières,
Toi, l'immortel Amour que la Mort oublia !

De l'immortel Amour à la Mort immortelle,
Supplice qu'il rêva sous la Nuit du recueil

A quitter le séjour, au jour, nous dira-t-elle,
Ce beau lac d'hydrargyre où vogue le cercueil ?

Car le ciel est livide au lac des libellules
Et dans les noirs couvents où dorment les vieux ifs,
Les Vierges à genoux dans le froid des cellules
Mouillent le Crucifix de longs baisers lascifs.....

Les jardins ont perdu leurs robes éburnales,
Eden trois fois béni dont nous fûmes chassés !
Pourpre sainte attestant la blancheur des annales,
Les Roses de la Nuit chantent les trépassés.....

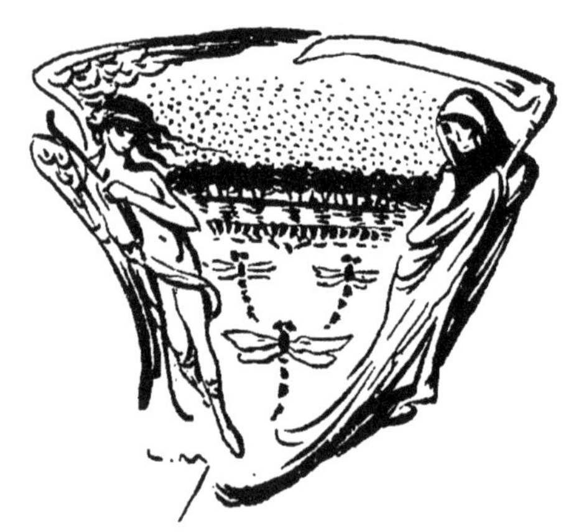

PETITS CALICOTS

(Rondeau redoublé)

Les jolis petits calicots
Le soir, flânent dans le passage,
Frais comme des coquelicots,
Un air d'Enfant-Jésus bien sage !

Ils rêvent courses, vernissage
Et se grisent de faux cliquots
En parlant chevaux et dressage,
Les jolis petits calicots !

Fluets, moulés dans leurs surcots
Étroits comme dans un corsage,
Pantalon collant, mes cocos,
Le soir, flânent dans le passage !

Les uns poupins, d'autres sécots,
Ce sont les fervents du massage,
Mentons au duvet d'abricots
Un air d'Enfant-Jésus bien sage.

Et, banquier, roi des monacos
Ou marquis pleurant le cuissage,
Tel birbe écrivant un message
Grommelle entre ses vieux chicots :
« Les jolis petits !

ÉPITRE FALOTE ET BALNÉAIRE

A
JOSEPH SAVARY
Dilettante bourguignon

ÉPITRE FALOTE ET BALNÉAIRE

> Eau bienfaisante !
> Puissant secours
> Qui nous exempte
> De maux si lourds.
> A. POMMIER.

Savary, joyeux compagnon
Africain, Gascon, Bourguignon
Qui vis joyeux loin des Quarante
Au pays de ces nobles ducs
Qu'en ses bouquins un peu... caducs
Célébra Môssieur de Barante.

Bourguignon, mais fils de Paris,
Prince du rire et des houris
Contemnant le singe et le pitre,
Mon bon vieux, il me plaît, ce soir
De t'envoyer, sans plus surseoir,
Une ode habillée en épître!...

Donc, chaque jour plus avachi,
Je me trimballe dans Vichy

Où des Messieurs jaunes d'ictère
Aux dames de même couleur
Exposent les phases de leur
Goutte (civile ou militaire!)

De Guéret, de Poulocondor,
Du Brésil où vit le condor,
Ducs, fabricants de margarines,
Cabotins, bourgeois saugrenus,
Comme une trombe, ils sont venus
Faire analyser leurs urines.

Il en vient de Costa-Rica,
Des bords du lac Titicaca,
De Pontoise et de Pampelune
Et de Bucarest et de Brest
Et je veux n'être plus Fourest
S'il n'en tombe aussi de la Lune!

Barons juifs, entasseurs d'écus,
Epiciers chauves et cocus
Et généraux de Bolivie
Ostentent d'un air convaincu
Leur bedaine et leur trou du cul
Aux doucheurs dont l'âme est ravie.

Les uns dolents du pancréas
Rimeraient à *Jean Moréas*
D'autres (Larbeau leur soit propice!)
Ayant du sucre en leur pipi

Semblent moins des pommes d'api
Que des morceaux de pain d'épice.

Le soir, au casino, des tas
De Mercadets et de rastas
Ouvrent la banque où l'on trébuche
Rubis aux doigts, gilet trop neuf,
Ils savent l'art d'abattre *Neuf*
En donnant au ponte une bûche !

Cependant que des avocats
Croassant comme des choucas
Mènent au concert leurs femelles
Dont le... bas-fond saigne encor du
Terrible effort d'avoir pondu
Quinze mômes affreux comme elles !

Or, ce que peut œuvrer parmi
Tous ces Pécuchets, ton ami,
Dis-moi, vieux frangin, que t'en semble ?
Sinon rêver aux jours (lointains
Hélas !) où les doux Philistins
Dans Paris nous verront ensemble ?

Ah ! ces beaux jours, quans luiront-ils
Où, tenant des propos subtils,
Aux bourgeois taillant des croupières,
Nous jetterons au nez d'Homais
Nos rimes d'or sans que jamais
S'appesantissent nos paupières !

Car il sied ne parler qu'en vers :
Comme un digne bourgeois d'Anvers
Soigne une tulipe et l'arrose,
Nobles jardiniers, cultivons
La fleur mystique et réservons
Aux maraîchers la vile prose !

Des vers ! des vers ! et c'est pourquoi
Si tu veux qu'on te laisse coi
Siroter près d'une crédence
Ton vieux Beaune, sache qu'il faut
Sans rémission ni défaut
Épistoler et d'abondance !...

Et puis, t'ayant serré la main,
Je vais ronfler jusqu'à demain :
Le ciel, en son omnipotence,
Nous inspirant maint beau sonnet
Toujours nous préserve d'Ohnet,
De la grippe et de la potence !

CARNAVAL DE CHEFS-D'ŒUVRE

I hope, it is no crime,
To laugh at all things. For I wish to know
What, after all, are all things but a show ?

Lord BYRON.

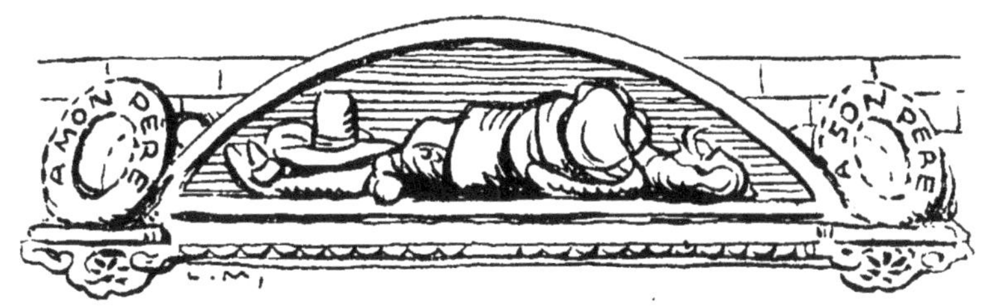

LE CID

Va, je ne te hais point !

P. Corneille.

Le palais de Gormaz, comte et gobernador,
est en deuil : pour jamais dort couché sous la pierre
l'hidalgo dont le sang a rougi la rapière
de Rodrigue appelé le Cid Campeador.

Le soir tombe. Invoquant les deux saints Paul et Pierre,
Chimène, en voiles noirs, s'accoude au mirador
et ses yeux dont les pleurs ont brûlé la paupière
regardent, sans rien voir, mourir le soleil d'or...

Mais un éclair, soudain, fulgure en sa prunelle :
sur la plazza, Rodrigue est debout devant elle !
Impassible et hautain drapé dans sa capa,

le héros meurtrier à pas lents se promène :
« Dieu ! » soupire à part soi la plaintive Chimène
« qu'il est joli garçon, l'assassin de papa ! »

PHÈDRE

Dans un fauteuil doré, Phèdre, tremblante et blême,
Dit des vers où d'abord personne n'entend rien.

LE DUC DE NEVERS.

Dans un fauteuil en bois de cèdre
(à moins qu'il ne soit d'acajou),
en chemise, Madame Phèdre
fait des mines de sapajou.

Tandis que sa nourrice Œnone
qui, jadis, eut de si bon lait,
se compose un maintien de nonne
et marmotte son chapelet,

elle fait venir Hippolyte,
fils de l'amazone et de son
époux, un jeune homme d'élite,
et lui dit : « Mon très cher garçon,

« dès longtemps, d'humeur vagabonde,
« monsieur votre père est parti :

« on dit qu'il est dans l'autre monde,
« il faut en prendre son parti !

« Sans doute, un marron sur la trogne
« lui fit passer le goût du pain ;
« *requiescat !* il fut ivrogne,
« coureur et poseur de lapin ;

« oublier cet époux volage
« ne sera pas un gros péché !
« Donnez-moi votre pucelage
« et vous n'en serez pas fâché!

« Vois-tu ma nourrice fidèle
« qu'on prendrait pour vieux tableau ?
« elle nous tiendra la chandelle
« et nous fera bouillir de l'eau !

« Viens, mon chéri, viens faire ensemble
« dans mon lit nos petits dodos !
« Hein ! petit cochon, que t'en semble,
« du jeu de la bête à deux dos ? »

A cette tirade insolite,
ouvrant de grands yeux étonnés,
comme un bon jeune homme, Hippolyte
répondit, les doigts dans le nez :

« — Or ça ! belle-maman, j'espère
que vous blaguez, en ce moment !

« Moi, je veux honorer mon père
« afin de vivre longuement :

« A la cour brillante et sonore
« il est vrai que j'ai peu vécu :
« Mais je doute qu'un fils honore
« son père en le faisant cocu !

« Vos discours, femelle trop mûre,
« dégoûteraient la Putiphar !
« prenez un gramme de bromure
« avec un peu de nénuphar !... »

Sur quoi, faisant la révérence,
les bras en anse de panier,
il laisse la dame plus rance
que du beurre de l'an dernier.

« — Eh ! va donc, puceau, phénomène !
« Va donc, châtré, va donc, salop,
« Va donc, lopaille à Théramène !
« Eh ! va donc t'amuser, Charlot !... »

Comme elle bave de la sorte,
harengère soûle, voilà
qu'un esclave frappe à sa porte :
« Madame, votre époux est là !

« Theseus, c'est Theseus ! il arrive !
« C'est lui-même : il monte à grands pas ! »

Venait-il de Quimper, de Brive,
d'Honolulu ? je ne sais pas,

mais il entre, embrasse sa femme
la rembrasse en mari galant ;
aussitôt la carogne infâme
pleurniche, puis d'un ton dolent :

« — Monsieur, votre fils Hippolyte,
« avec tous ses grands airs bigots,
« et ses mines de carmélite,
« est bien le roi des saligots !

« Plus de vingt fois, sous la chemise,
« le salop m'a pincé le cul
« et, passant la blague permise,
« volontiers vous eût fait cocu !

« Il ardait comme trente Suisses
« et (rendez grâce à ma vertu !)
« si je n'avais serré les cuisses,
« votre honneur était bien foutu !... »

Phèdre sait conter une fable
(tout un chacun le reconnaît) ;
son discours parut vraisemblable
si bien que le pauvre benêt

de Theseus promit à Neptune
un cierge (mais chicocandard !)

un gros cierge au moins d'une thune
pour exterminer ce pendard !

Pauvre Hippolyte ! Un marin monstre
le trouvant dodu, le mangea
puis le digéra, ce qui *monstre*
(mais on le savait bien déjà !)

qu'on peut suivre, ô bon pédagogue,
avec soin le commandement
quatrième du décalogue
sans vivre pour ça longuement !

IPHIGÉNIE

Quoi ! le sang d'une fille innocente était nécessaire au départ d'une flotte et au succès d'une guerre.

Joseph DE MAISTRE.
(*Sur les Sacrifices*, II.)

Les vents sont morts : partout le calme et la torpeur
et les vaisseaux des Grecs dorment sur leur carène
qui cinglaient vers l'Asie au pourchas de la reine
Hélène que ravit Pâris, l'hôte trompeur.

Ivre d'une fureur qu'Ulysse en vain réfrène,
Agamemnon, le roi des rois, l'homme sans peur,
déplore en maudissant la mer toujours sereine
qu'on n'ait pas inventé les bateaux à vapeur.

Mais sa fille, à ses pieds, la douce Iphigénie,
fermant ses yeux dolents de douceur infinie
s'endort comme les flots dans le soir étouffant...

Lors, ayant dégaîné son grand sabre, le maître
des peuples et des rois jugule son enfant
et braille : « Ça fera baisser le baromètre ! »

ANDROMAQUE

..... il n'ira jamais plus loin qu'*Andromaque.*
Mme DE SÉVIGNÉ.

Ayant mis sa culotte neuve,
ses gants blancs et son frac aussi,
Pyrrhus vient chez madame veuve
Andromaque et lui dit ceci :

« Madame, je suis ce qu'on nomme,
« en tous lieux, un parti charmant :
« poli, rangé, doux, économe,
« sobre, assez bien physiquement ;

« bachelier, très homme du monde,
« en mes propos, toujours décent ;
« ma fortune ? solide et ronde :
« toute immeubles et trois pour cent ;

« On vante mes façons amènes ;
« très propre, jamais un faux-col
« ne me fait plus de trois semaines ;
« pas joueur, et quant à l'alcool,

« je n'aime que la camomille !
« chacun sait (dans le monde entier)
« que je suis de bonne famille
« et de plus roi, de mon métier,

« prince de toutes les Épires,
« ville, champs, banlieue et faubourg :
« eh ! eh ! mon sort n'est pas des pires
« (excusez ce vieux calembour !)

« Dans ces conditions, Madame,
« j'ose demander votre main :
« vous me l'accordez ? Oui ? Bédame !
« sans attendre jusqu'à demain

« et sans chercher plus de mystère,
« voulez-vous accepter mon bras
« et nous trotter chez mon notaire
« pour signer nos petits contrats ?

« Nous serons un couple modèle ;
« mais ne me faites pas cocu,
« ou mordieu ! petite infidèle,
« nous saurons vous botter le cul ! »

Alors, roulant des yeux d'hyène,
comme prise d'un vertigo,
— « Jour de Dieu ! » rugit la Troyenne,
« Oser me parler *conjungo*,

« à moi, la veuve inconsolable
« d'Hector, ce héros des héros,
« près de qui (ce n'est une fable !)
« tous les héros sont des zéros ;

« et qu'un jour les marchands de cartes
« nommeront valet de carreau !
« Eh mais ! je crois que tu t'écartes
« du respect ! T'épouser, maraud !

« L'ami, pour couver cette idée,
« C'est-il pas que vous êtes bu ?
« Vous ne m'avez pas regardée ?
« Merdre ! » dirait le père Ubu ! »

— « Ah ! » reprend Pyrrhus en colère,
« oui-da ! la belle, c'est ainsi !
« Vous m'envoyez faire lanlaire,
« carogne, eh bien ! oyez ceci :

« Vous avez un môme, un bel ange,
« que jusqu'ici j'ai supporté,
« bien qu'il piaille, gâte son lange
« et pisse avec fétidité ;

« eh bien ! vous, madame sa mère,
« — écoutez bien encore un coup ! —
« suivez-moi chez monsieur le maire,
« ou, demain, je lui tords le cou !..... »

Mais ici, ma foi, ça s'embrouille
(justement, c'était le plus beau !)
attendez..... la dame a la trouille.....
et va..... consulter un tombeau.....

Hermione..... Pylade..... Oreste.....
fureurs..... et zut ! achetez sous
l'Odéon, pour savoir le reste,
un Racine à trente-cinq sous !.....

BÉRÉNICE

Berenicen cui etiam nuptias pollicitus ferebatur statim ab eo dimisit invitus invitam.

SUÉTONE (Titus, II).

Quel ange demandera à Titus pourquoi il n'a pas épousé Bérénice ?

Maurice MAETERLINCK.

Or donc, à la belle youtresse,
Bérénice aux cheveux de nuit,
reine en exil et sa maîtresse,
Titus écrivit ce qui suit :

— « Madame, sans doute votre ire
« va me traiter de galvaudeux ;
« néanmoins, il faut vous l'écrire :
« Madame, c'est fini nous deux !

« comme chante la Périchole,
« *je vous aime de tout mon cœur ;*
« mais — on vous l'a dit à l'école ? —
« le devoir doit rester vainqueur !

« J'aime votre face poupine,
« votre fessier au double mont,
« vos..... hélas ! vous êtes youpine
« et j'ai peur de monsieur Drumont ;

« vos yeux brillent comme une paire
« d'escarboucles sous vos sourcils,
« mais enfin monsieur votre père
« n'en était pas moins circoncis !

« Les doctrines anti-sémites
« ont fait dans le peuple romain
« (Dieu tout-puissant, vous le permîtes !)
« un épouvantable chemin !

« Parbleu ! c'est de l'intolérance !
« Je sais qu'au faubourg Saint-Germain,
« un jour, les plus grands noms de France
« des juifs rechercheront l'hymen :

« on pourra voir une Turenne
« épouser Meyer ; mais aussi,
« notez bien cela, grande reine,
« ce sera dans mille ans d'ici.

« Quant à moi, devancer la mode
« me paraît d'assez mauvais goût ;
« mon peuple n'est pas très commode,
« fichtre ! il s'en faut du tout au tout !

« Si je concevais le caprice
« à mon Sénat peu folichon
« d'*exbiber* une impératrice
« qui ne mangeât pas de cochon,

« ouais ! cette populace vile
« me dégommerait sans façon,
« et puis, moi, sans liste civile,
« je resterais joli garçon !

« Tenez, il me vient une idée :
« (il en vient, même aux potentats !)
« ne croyez-vous pas qu'en Judée
« vous seriez mieux qu'en mes Etats ?

« Petite absence temporaire !
« D'ailleurs, c'est si beau l'Orient !
« Lisez plutôt l'*Itinéraire*
« par Monsieur de Chateaubriand !.....

« Allons, partez, et pas de bile !
« installez-vous bien à Sion,
« achetez une automobile,
« prenez de la distraction !

« Jouez au golf, au polo, faites
« de l'escrime et la charité,
« pour les pauvres donnez des fêtes :
« l'aumône est un sport bien porté !

« Amusez-vous, ma Bérénice,
« patinez, montez à cheval,
« pourquoi n'iriez-vous pas à Nice
« passer le temps du carnaval ?

« Suivez de la philosophie
« les préceptes réconfortants ;
« vous avez ma photographie :
« regardez-la de temps en temps !

« Dans mon cœur reste votre image !.....
« Sous ce pli votre passeport,
« auquel je joins un humble hommage,
« franco d'emballage et de port ! »

Alors, pour simuler des larmes,
il répand quelques gouttes d'eau
sur le vélin, scelle à ses armes,
affranchit....., et court au bordeau

ribauder pour une pistole !
Quand la pauvre fille eut reçu
la très malplaisante épistole,
où tant d'espoir était déçu,

elle fit la diablesse à quatre,
gueula : « Partir ! jamais ! jamais ! »
tempêta, jura, voulut battre
le facteur qui n'en pouvait mais,

cassa douze plats dans sa rage,
nomma Titus voyou, lascar,
mufle, et puis, ma foi ! prit courage
et l'express. Un beau sleeping-car

la conduisit en Palestine.
Suétone, avec grand succès,
mit l'histoire en prose latine
et Jean Racine en vers français !

HORACE

Corneille rime en subjonctif et c'est très bien !

Henri MAZEL *(Propos de table).*

Sur la scène, à Julie,
fillette assez jolie,
Sabine avec un pleur
dit : « Ah ! Malheur !

Ah ! guigne ! ah ! sort contraire !
mon époux et mon frère
vont se battre en duel,
c'est bien cruel !

Horace et Curiace !
ils ont mis leur cuirasse
dès lors (comprenez-vous ?)
si mon époux

succombe, je suis veuve
(la remarque est peu neuve
mais juste, Dieu merci !)
d'autre part, si

Curiace succombe
s'il descend dans la tombe
me voilà... mais pardon
    dites-moi donc

s'il vous plaît, comme on nomme
la sœur d'un bon jeune homme
par un arrêt du sort
    devenu mort? »

Survient le vieil Horace
qui (poète de race)
fait rimer *secourût*
    Et « *qu'il mourût* »

(rime vraiment soëve!
admirez, jeune élève,
ce coup de subjonctif
    itératif!)

Et puis voici Camille!
(Seigneur, quelle famille!)
qui se met en fureur,
    y a pas d'erreur!

Elle commence à braire,
asticote son frère
et le frère en douceur
    occit la sœur!

Que de sœurs ! que de frères !
peu d'œuvres littéraires
Nous en font voir autant
ce nonobstant !

la pièce est fort tragique
bien qu'assez peu logique...
d'ailleurs moi, je m'en fous !
lecteur, et vous ?

A LA VÉNUS DE MILO

Aux quinze-vingts le vieil Homère et
toi, cascade, Hortense, ma fille.

J. Vallès.

Idéal manchot des constipés architectes
sortis « *premiers* » de l'*École-des-vilains-Arts*,
Paros mal retrouvé par les benêts hasards
réduction colas pour mâcheurs de Pandectes ;

plâtre durci sur la tronche pleine d'insectes
des petits Italos; rossignol des bazars;
nulle en bizarre et bon nanan des vieux busards
chez Balandard, sur la pendule où tu t'objectes;

Paganisme des quincailliers ! Bronze en toc ! zinc !
sache que les adorateurs de Lao-Tzeng,
ceux qu'un magot, poussah falot, séduit et botte,

o mijaurée, ont renversé ton piédestal
et qu'ils ont mis dans un Panthéon de cristal
ta sœur négresse aux longs tétons, la Hottentote ! ! !

EN PASSANT SUR LE QUAI...

EN PASSANT SUR LE QUAI...

C'est encore là ce que nous avons
eu de meilleur.

Gustave FLAUBERT.
(*L'Éducation sentimentale*).

Le long des parapets tout argentés de brumes,
Vraiment je ne sais plus pourquoi je remarquai
Ce banal in-dix-huit parmi tant de volumes
Endormis comme lui dans les boîtes du quai ;

Lamentable bouquin ! voyez : le dos se casse,
Le soleil tord les plats que l'averse a mouillés ;
On a, sans aucun soin, gratté la dédicace
Et le vent de la scène emporte des feuillets.

C'est un livre de vers : jadis par les allées
Du Luxembourg vernal où chantaient les lilas
Comme il vous pourchassait gaiement, strophes ailées,
Ce poète chanteur alerte et jamais las !

Fou d'épithète rare, et de rythme et de rime,
D'allitération, de consonnes d'appui,
Il n'apercevait point (irrémissible crime !)
Putanettes en fleurs, vos yeux fixés sur lui !

Et comme il se dressait en dompteur de chimère
Et comme il agitait son crâne chevelu,
Ce jour, cet heureux jour où l'éditeur Lemerre
Lui dit : « Monsieur Ledrain, jeune homme, vous a lu ;

« Vos vers le satisfont. Casquez, et je publie ! »
Oh ! mots harmonieux ! le murmure embaumé
Des forêts où l'aveu d'une lèvre jolie
Peut-être, en ce moment, ne l'eût point tant charmé !

Oh ! tu n'espérais point, je le sais, bon jeune homme,
Non ! tu n'espérais point le foudroyant succès
Qui du soir au matin fait l'auteur qu'on renomme
De l'inconnu d'hier, mais au moins tu pensais

(D'ailleurs peu soucieux de vulgaires tapages)
Qu'une femme, un poète, un couple d'amoureux,
Peut-être... un chroniqueur feuilletteraient ces pages
Et scanderaient ces vers que tu rimais pour eux.

Hélas ! Monsieur Ledrain fut ton lecteur unique ;
Ton bouquin resta vierge au passage Choiseul...
Nulle main n'entr'ouvrit cette jaune tunique
Dont la brocheuse a fait son lange et son linceul ! —

Est-il mort, aujourd'hui, l'auteur de ces poèmes ?
Aigri, désespéré, faiseur de mots méchants,
A-t-il grossi le flot des sordides bohêmes ?
Non ! laissez-moi penser qu'il regagna ses champs,

Sa maison de province où toute chose est douce,
L'enclos où le glaïeul fleurit auprès du chou;
Il végète comme eux sans heurt et sans secousse,
Adipeux et béat, tel un poussah mandchou !

Critique au *Moniteur de la Sous-Préfecture*,
Il préside là-bas de vagues JEUX FLORAUX,
Déplore les excès de la littérature
Et flétrit les auteurs de romans immoraux;

Le ruban violet orne sa boutonnière
Et lui qui se posait naguère en Charles Moor,
Il couche maintenant avec sa cuisinière
S'avouant satisfait d'un ancillaire amour.

Chaque nuit, dans les draps, couple en rut mais que
Incoerciblement la terreur du fœtus, [hante
Avec précaution, le maître et la servante
Échangent des baisers contrôlés par Malthus.

Il grisonne, pourtant ses ruses de satyre
Avivent les langueurs de sa nymphe à l'oignon
Mais, toujours galant homme, à temps, il se retire :
Le jour, il est : « Monsieur » et la nuit : « Gros Mignon ! »

Si tout est bien ainsi que je l'ai voulu croire,
Ami, tombe à genoux et bénis le Seigneur,
Ta pauvre ambition ne rêvait que la gloire;
Plus clément, le Bon Dieu t'a donné le bonheur!

BALLADE

pour faire connaître mes occupations ordinaires

Au docteur
Georges Boileau.

BALLADE

pour faire connaître mes occupations ordinaires

> Pauvres gens que les gens !
> P. V.
>
> Considerate lilia agri...
> J. C.

On voit des gens être épiciers,
Avocats ou marchands de laine
Et l'on en voit qui sont huissiers
Ou bedeaux à la Magdelaine,
Aucuns font de la porcelaine,
Du cirage ou des feuilletons,
D'autres vont pêcher la baleine :
Moi, j'attrape les hannetons !

Quelques-uns, des écrivassiers,
— Doux toqués ! (la morgue en est pleine !) —
Cherchent, la nuit dans leurs puciers,
Les rimes d'une cantilène :

« *Pauvres gens !* » comme dit Verlaine
C'est bien votre air que nous chantons !
va te brûler, belle phalène !
Moi, j'attrape les hannetons !

En vain des philistins grossiers
Me rabâchent à perdre haleine !
« Il faut bien que vous embrassiez
Une carrière ! » Lon, lon, laine !
Messieurs, soyez préfet de l'Aisne,
Mettez aux pois les canetons
Ou comprimez l'acétylène !
Moi, j'attrape les hannetons !

ENVOI

Prince, la gente et la vilaine,
Toutes sont mêmes Jannetons :
Que Pâris garde son Hélène !
Moi, j'attrape les hannetons !

BALLADE

en l'honneur des poètes falots

BALLADE

en l'honneur des poètes falots

> Falot! falot.
> JULES LAFORGUE.

Zut pour Homais! Pour l'abdomen
De Prud'homme, l'affreux macaque,
Pour le bedeau qui dit : « Amen! »
Pour le Chinois, pour le Valacque!
Plus que l'« *Ethique à Nicomaque* »
J'aime la chanson des grelots :
Doux Cassandre, Pierrot te claque!
Vivent les Poètes falots! —

Corbière, au pays du dolmen
Et du hareng qu'on met en caque,
Sut cueillir plus d'un cyclamen;
Cros est un alexipharmaque
Propre à dissiper les comas que
Portent les veules symbolos,
Maldoror fut un brucolaque!
Vivent les Poètes falots!

Lunologue (bizarre hymen !)
Laforgue voulut pour momacque
La lune (*dulce solamen* !)
La nuit sur un divan de laque
Il dénouait, élégiaque,
Ta ceinture de fins halos
Baalet, pâle Syriaque !
Vivent les Poètes falots !

ENVOI

Maîtres, le courtier qui micmaque,
Offrant titre ou valeur à lots
Brait, parlant de vous, « C'est un braque ! »
Vivent les Poètes falots !

A la totalité de mes amis.
ÉPITRE
pour régler l'ordre
et la marche de mes funérailles
Allons donner notre ordre à des pompes funèbres
A l'égal de son nom, illustres et célèbres.
P. CORNEILLE.
(Sertorius, acte V, scène VIII)

ÉPITRE FALOTE ET TESTAMENTAIRE

POUR RÉGLER L'ORDRE ET LA MARCHE DE MES FUNÉRAILLES

Allons donner notre ordre à des Pompes funèbres
A l'égal de son nom, illustres et célèbres.

P. Corneille (*Sertorius*, acte V, scène VIII).

Il ne me convient point, barons de Catalogne,
lorsque je porterai mon âme à Lucifer,
qu'on traite ma dépouille ainsi que la charogne
d'un employé de banque ou de chemin de fer.

Que mon enterrement soit superbe et farouche,
que les bourgeois glaireux bâillent d'étonnement
et que Sadi Carnot, ouvrant sa large bouche,
se dise : « Nom de Dieu ! le bel enterrement ! »

I

Le linceul sera simple et cossu : dans la bile
d'un pédéraste occis par Capeluche vers
l'an treize cent soixante, un ouvrier habile
a tanné douze peaux de caprimulges verts :

pour ôter au cadavre un aspect trop morose
premier que me vêtir du suaire, teignez
mes sourcils en bleu ciel et mes cheveux en rose
de flammant et dorez mes ongles bien rognés.

Ce coffre d'orichalque ocellé de sardoines
et doublé de samit qu'autrefois Gengis-Khan
offrit à mon aïeul semble des plus idoines
à recevoir mon corps aimé de Dinican!

Étendez-moi rigide au fond de cette bière,
placez entre mes mains nos livres décadents :
Laforgue, Maldoror, Rimbaud, Tristan Corbière,
mais pas de René Ghil : ça me fout mal aux dents!

II

Pour corbillard, je veux un très doré carrosse
conduit par un berger Watteau des plus coquets,
et que traînent, au lieu d'une poussive rosse,
dix cochons peints en vert comme des perroquets ;

Celle que j'aimai seul, ma négresse ingénue
qui mange des poulets et des lapins vivants,
derrière le cercueil, marchera toute nue
et ses cheveux huilés parfumeront les vents ;

les croque-morts seront vêtus de laticlaves
jaunes serin, coiffés d'un immense kolbach
et trois mille zeibecks pris entre mes esclaves
suivront le char jouant des polkas d'Offenbach ;

vous, sur des hircocerfs, des zèbres, des girafes
juchés et clamitant des vers facétieux,
vous cavalcaderez munis de deux carafes
d'onyx pour recueillir le pipi de vos yeux,

tandis que méprisant ta faune, ô Lacépède,
drapé dans une peau de caméléopard
mon vieux compaing Deibler, sur un vélocipède,
braillera la *Revue* et le *Chant du Départ* !

III

Dans un temple phallique atramenté de moire,
MONSIEUR DOCRE, chanoine et prêtre habituel
des Sabbats, voudra bien chanter la MESSE NOIRE
évoquant Belphégor d'après son rituel.

IV

Ce gâteau de Savoie ayant Hugo pour fève,
le Panthéon classique est un morne tombeau ;
pour moi j'aimerais mieux (que le Dyable m'enlève !)
le gésier d'un vautour ou celui d'un corbeau !

Puisque j'ai convomi la société fausse
où les fiers et les forts ne sont que réprouvés,
Monsieur le fossoyeur, vous creuserez ma fosse
parmi les assassins, dans le Champ-des-Navets !

Ni croix, ni monument : sous la Lune hagarde
je sortirai parfois, la nuit, pareil aux loups-
garous et les bourgeois diront : « Que Dieu nous garde ! »
quand surgira mon spectre, à l'heure des filous !...

L'épitaphe ? Barons, laissez la rhétorique
funèbre aux bonnetiers ! Sur ma pierre, par la
barbe Mahom ! gravez en lettres rouge brique
ces quatre alexandrins où tout mon cœur parla :

« *Ci-gît* Georges Fourest ; *il portait la royale*
« *tel autrefois Armand Duplessis-Richelieu*,
« *sa moustache était fine et son âme loyale !*
« *Oncques il ne craignit la vérole ni Dieu !...* »

Et pour épastrouiller la tourbe scélérate,
s'il vous faut exalter en moi quelque vertu,
narrez que j'exécrais le pleutre démocrate
et que le bout de mes souliers était pointu !

Et tout sera parfait ! Et moi, dans la géhenne,
grinçant et debout sur les brasiers tisonnés,
je hurlerai tel cri de blasphème et de haine
que je terrifierai le DYABLE et ses damnés ! ! !

Or, j'ai scellé ce pli des sept sceaux d'Aquitaine,
MOI, neveu *d'Astaroth*, maudit par *Jésus-Christ !*
Et pour être compris même de Monsieur Taine,
je m'exprime en *vulgaire* et non point en *sanscrit !*

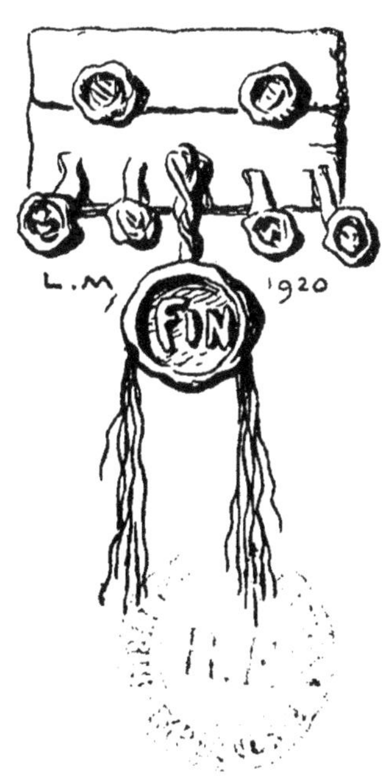

www.ingramcontent.com/pod-product-compliance
Ingram Content Group UK Ltd.
Pitfield, Milton Keynes, MK11 3LW, UK
UKHW021540260726
13993UKWH00002B/564

9 782329 560847